RICKY RICOTTA ET SON
ROBOT GÉANT

CONTRE LES MANCHOTS
MÉGA-MÉCHANTS DE PLUTON

DAV PILKEY

ILLUSTRATIONS DE
DAN SANTAT

Texte français d'Isabelle Allard

Éditions

POUR AMELIA ET EDISON ELTING
– D.P.

POUR DAV ET SAYURI; MERCI DE M'AVOIR LAISSÉ PRENDRE PART À CETTE AVENTURE.
– D.S.

Catalogage avant publication de Bibliothèque et Archives Canada

Pilkey, Dav, 1966-

[Ricky Ricotta's mighty robot vs. the unpleasant penguins from Pluto. Français]
Ricky Ricotta et son robot géant contre les manchots méga-méchants de Pluton / Dav Pilkey, auteur ; Dan Santat, illustrateur ; texte français d'Isabelle Allard.

Traduction de : Ricky Ricotta's mighty robot vs. the unpleasant penguins from Pluto.
ISBN 978-1-4431-5918-0 (couverture souple)

I. Santat, Dan, illustrateur II. Titre. III. Titre: Ricky Ricotta's mighty robot vs. the unpleasant penguins from Pluto. Français

PZ23.P5565Ricl 2017   j813'.54   C2016-905280-X

Édition publiée par les Éditions Scholastic, 604, rue King Ouest, Toronto (Ontario) M5V 1E1 CANADA.

5 4 3 2 1   Imprimé en Chine 38   17 18 19 20 21

Conception graphique du livre : Phil Falco

TABLE DES MATIÈRES

CHAPITRE UN
LA BAIGNADE

Ricky Ricotta et son robot passent la journée à se baigner dans leur nouvel étang.

— Quelle belle vie! dit Ricky. Rien que du repos, du silence et...

— Et LUCIE! s'écrie sa cousine en
sortant de la voiture de ses parents,
avec ses trois Jeannots jurassiques,
Caramel, Petit-Gâteau et Gaufre.
Boïng! Boïng! Boïng! Boïng!

Lucie et ses animaux de compagnie font des vagues! Caramel et Petit-Gâteau plongent du toit de la maison. Gaufre éclabousse tout le monde avec ses ailes.

Lucie crie et court partout en riant comme une folle.

— C'est AMUSANT! s'écrie-t-elle.

— C'ÉTAIT amusant, réplique Ricky.

CHAPITRE DEUX

UNE JOURNÉE GÂCHÉE

Ricky et son robot n'en peuvent plus. Ils sortent de l'eau et s'assoient sur les marches en boudant.

— Hé, Ricky! crie Lucie. Tu ne reviens pas te baigner? J'ai mis du bain moussant rose! C'est plus *chic!*

En voyant l'étang, Ricky
et son robot géant se fâchent.
— NOOOON! crie Ricky.
Tu as tout *GÂCHÉ!*

Il va voir les adultes, qui jouent aux cartes.

— MAMAAAN! gémit-il. Lucie a rendu notre étang tout rose et plein de bulles!

— Ça me paraît amusant, dit sa mère.

— *NON,* c'est *STUPIDE!* s'écrie-t-il. Chaque fois qu'on s'amuse, Lucie vient et *GÂCHE* tout!

— *RICKY RICOTTA!* s'exclame son père. Je n'aime pas ton attitude. Excuse-toi *TOUT DE SUITE.*

Mais avant que Ricky puisse lui obéir, Lucie se met à pleurer.

— Excuse-moi, Ricky, dit-elle en sanglotant. Je voulais juste jouer avec vous. Je ne voulais pas tout gâcher.

— Bon, je crois qu'on devrait partir, dit oncle Freddie.

Ils montent tous dans la voiture et rentrent chez eux.

Ricky se sent mal.
Son robot géant aussi.

CHAPITRE TROIS
LE PRÉSIDENT MANCHOT

Pendant ce temps, à 7,5 milliards de kilomètres de la Terre, sur la surface gelée de Pluton, quelqu'un d'autre se sent mal. C'est le président Manchot, le dirigeant de Pluton.

JE SUIS LE PATRON

Il finit de boire sa tasse de glaçons en lisant le journal quand il voit ce gros titre : **PLUTON N'EST PLUS UNE PLANÈTE.**

— Qu'est-ce que c'est que ÇA? s'écrie-t-il.

— Je pense que c'est un journal, dit un de ses gardes, appelé Carlos.

— Ouais, dit Nestor, son autre garde. C'est un journal.

— ÉVIDEMMENT QUE C'EST UN JOURNAL, ABRUTIS! crie le président. Je parle de ce *GROS TITRE!*

Le président Manchot lit l'article
à haute voix : « Des chercheurs de
Ratonville ont déclaré que Pluton
n'est pas une planète. Elle est trop
petite et trop éloignée du soleil.
C'est une *planète naine gazeuse et
glacée.* »

— Vous n'êtes plus le président d'une *planète,* dit Carlos. Vous êtes le président d'une *planète naine gazeuse et glacée.*

— Ce n'est pas aussi impressionnant, dit Nestor.

— SILENCE, ABRUTIS! crie le président Manchot. Ces Terriens ne peuvent pas nous manquer de respect. Allons à Ratonville pour leur enseigner les bonnes manières!

— Oui, patron! couinent Nestor et Carlos.

CHAPITRE QUATRE
DESTINATION TERRE

L'armée du président Manchot prépare son vaisseau pour le décollage. Le capitaine vérifie les commandes et le second ajuste les miroirs pendant que Carlos et Nestor enfilent leurs combinaisons spatiales.

— Hé! s'écrie le président. Où est *MA* combinaison? Je ne peux pas attaquer la Terre en pyjama!

— Bien sûr que non! dit Carlos. La Terre ne porte pas de pyjama!

— C'est vous qui êtes en pyjama! renchérit Nestor.

— SILENCE, ABRUTIS! crie le président Manchot.

Il prend une combinaison spatiale sale dans le panier à lessive, l'enfile et se dandine vers la soute.

Bientôt, tout le monde est à bord et prêt pour le départ. Les fusées de lancement s'allument et le vaisseau décolle vers la Terre.

— Quand arriverons-nous à Ratonville? demande le président.

— Demain matin, répond le capitaine.

— Excellent, dit le président. La Terre va regretter d'avoir déshonoré la planète Pluton.

CHAPITRE CINQ
AMENDE HONORABLE

Ce soir-là, Ricky et son robot ont du mal à s'endormir.

— Je me sens coupable d'avoir été méchant avec Lucie aujourd'hui, dit Ricky. Je veux faire amende honorable.

Son robot ne comprend pas l'expression.

— Faire amende honorable, c'est faire quelque chose pour montrer qu'on est désolé. C'est facile de s'excuser, mais, si on regrette VRAIMENT, il faut AGIR.

Le robot de Ricky a une idée. Il désigne la plate-bande.

— Oh, oui! dit Ricky. Lucie *adore* les fleurs. Plantons des fleurs pour elle!

Ricky et son robot s'envolent afin de trouver des fleurs pour Lucie.

Ils volent jusqu'à Hawaï, où il fait encore clair dehors. Ils voient de magnifiques fleurs sauvages qui poussent sur le flanc d'un volcan.

— Prenons celles-ci! s'exclame Ricky.

Le robot géant cueille autant de fleurs qu'il peut en transporter, puis ils reviennent à la maison.

Ils décident de planter les fleurs sur la plus haute montagne de Ratonville. Ils travaillent toute la nuit.

Quand le soleil se lève, ils ont terminé.

Ricky et son robot géant sont très fatigués.

— Rentrons dormir un peu, dit Ricky.

Ils volent vers la maison et s'apprêtent à se coucher.

CHAPITRE SIX
L'ATTERRISSAGE

Au même moment, le vaisseau du président Manchot entre dans l'atmosphère terrestre.

— Nous serons bientôt à Ratonville, dit le capitaine.

— Merveilleux! dit le président Manchot. Atterrissons sur cette montagne où tout le monde pourra nous voir!

— D'accord, dit le capitaine.

Il renverse les micropropulseurs et le vaisseau atterrit doucement et silencieusement au sommet de la montagne.

POUR
LUCIE

CHAPITRE SEPT
LES GARDIENS DU VAISSEAU

Le président Manchot descend dans la soute avec le capitaine et le second. Ils montent chacun à bord d'une manchomobile blindée géante.

— Écoutez! crie le président. Aujourd'hui, nous combattons pour l'HONNEUR! Pour le RESPECT! Pour...

— On peut vous aider? demande Nestor.

— Oui, renchérit Carlos. On pourrait distribuer des boissons aux Terriens!

— On ne distribue pas de *boissons* pendant une bataille! crie le président. Restez ici et gardez le vaisseau!

— Vous pouvez compter sur nous, répond Nestor.

La porte du vaisseau s'ouvre et les trois manchomobiles sortent pour leur attaque sauvage et sans merci.

— Regardez, dit Lucie. Des robots-manchots sortent du château! Comme ils sont mignons!

Bientôt, Lucie et Gaufre
atteignent la porte du vaisseau.
Caramel et Petit-Gâteau courent
derrière eux, hors d'haleine.

— Halte-là! crient Nestor et
Carlos. Qui va là?

— Écartez-vous, les amis! dit Lucie. Je suis venue voir mon nouveau château!

— Ce n'est pas un château, dit fièrement Nestor. C'est un vaisseau spatial.

— *Non,* c'est un château, insiste Lucie. Mon cousin Ricky l'a construit pour moi. Vous n'y connaissez *rien!*

Les deux gardes sont perplexes.

— Hum, dit Carlos. On n'est pas supposés...

— Écoutez, *JE* suis la princesse, l'interrompt Lucie. C'est *MON* château! Vous devez faire ce que *JE* dis! Des questions?

— Es-tu *vraiment* une princesse? demande Nestor.

— Bien sûr que oui! crie Lucie. C'est écrit ici, sur ma robe! Alors, écartez-vous avant que je vous envoie au cachot!

— Oui, madame, disent les deux gardes.

Lucie, Caramel, Petit-Gâteau et Gaufre montent dans la soute et regardent autour d'eux.

— C'est GÉNIAL! dit Lucie. Y a-t-il quelque chose à manger dans ce château?

— Bien sûr, Votre Majesté, répond Carlos. Par ici.

Les deux gardes conduisent Lucie et ses animaux à la cuisine.

— Il y a plein de nourriture, explique Nestor. Vous avez le choix : hamburgers, hot-dogs, croustilles, pizzas, sandwichs au fromage fondu, frites, gâteau au chocolat, tarte à la crème, barbe à papa, beignes, boissons gazeuses, maïs soufflé, araignées gélifiées, bonbons à la gelée, banane royale, gomme balloune, biscuits aux pépites de chocolat... et légumes!

— Miam, dit Lucie. Je veux tout ça!

— Youpi! crient Nestor et Carlos.

Ils troquent leur casque pour une toque de chef afin de préparer un énorme festin.

CHAPTITRE HUIT
À L'ATTAQUE!

Ricky et son robot géant dorment à poings fermés. Soudain, ils entendent un grand bruit.

— Qu'est-ce que C'ÉTAIT? s'écrie Ricky.

Son robot regarde par la fenêtre avec son œil télescopique. Il voit trois manchomobiles qui attaquent Ratonville.

— Mon gars, dit Ricky, on dirait
qu'il y a une ville à sauver!
Ils se dirigent aussitôt vers le centre.

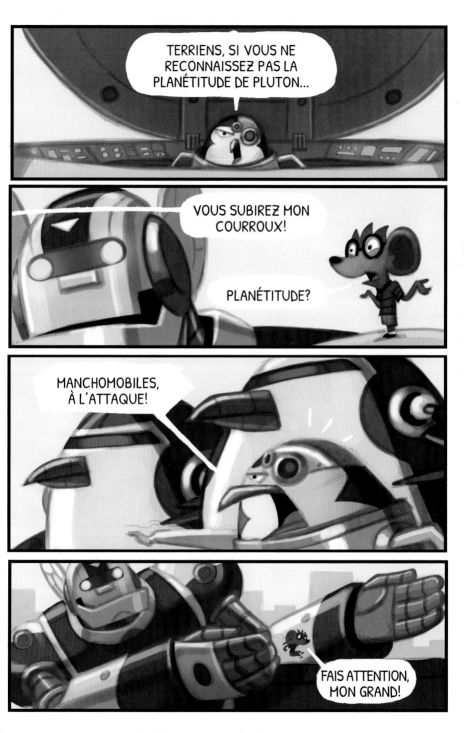

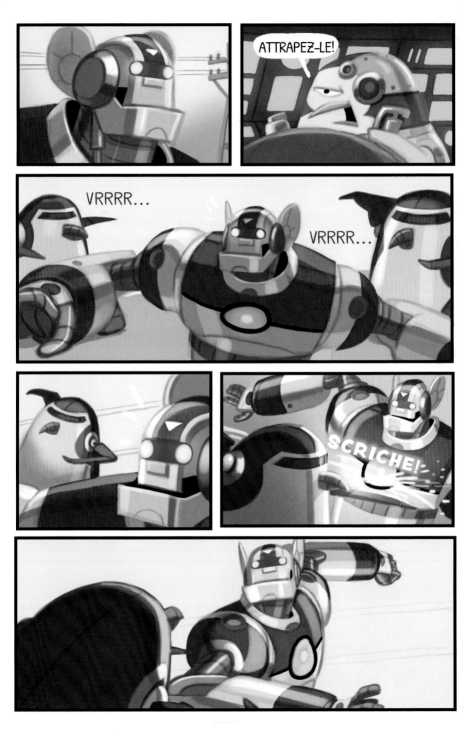

CLOC!

TCHAC!

TENEZ-LE BIEN!

VRRRRRRRRRRRRRRR

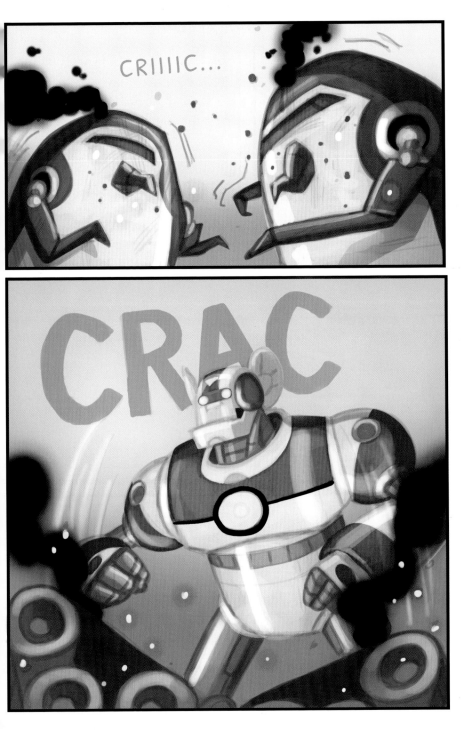

CROUNCH

BAM

CRAC

CHAPITRE NEUF
LA GRANDE BATAILLE
(EN TOURNE-O-RAMA^{MC})

TOURNE-
HÉ, LES ENFANTS! VOUS POUVEZ ANIMER L'ACTION EN SUIVANT CES ÉTAPES FACILES!

O-RAMA

MODE D'EMPLOI :

ÉTAPE Nº 1

Place la main gauche sur la zone
marquée « MAIN GAUCHE » à
l'intérieur des pointillés. Garde
le livre ouvert et bien à plat.

ÉTAPE Nº 2

Saisis la page de droite
entre le pouce et l'index
de la main droite, à l'intérieur
des pointillés, dans la zone
marquée « POUCE DROIT ».

ÉTAPE Nº 3

Tourne rapidement la page de
droite dans les deux sens jusqu'à
ce que les dessins aient l'air
animés.

(Pour t'amuser encore plus, tu peux faire tes propres effets sonores!)

TOURNE-O-RAMA 1

(pages 69 et 71)

N'oublie pas de tourner *seulement*
la page 69. Assure-toi de pouvoir voir
les dessins aux pages 69 *et* 71 en tournant
la page. Si tu la tournes assez vite,
les dessins auront l'air d'un <u>seul</u> dessin *animé*.

N'oublie pas de faire
tes propres effets sonores!

MAIN GAUCHE

LA MANCHOMOBILE ATTAQUE.

69

70

LA MANCHOMOBILE
ATTAQUE.

TOURNE-O-RAMA 2

(pages 73 et 75)

N'oublie pas de tourner *seulement*
la page 73. Assure-toi de pouvoir voir
les dessins aux pages 73 *et* 75 en tournant
la page. Si tu la tournes assez vite,
les dessins auront l'air d'un <u>seul</u> dessin *animé*.

N'oublie pas de faire
tes propres effets sonores!

MAIN GAUCHE

LE ROBOT GÉANT CONTRE-ATTAQUE.

POUCE
DROIT

INDEX
DROIT

LE ROBOT GÉANT
CONTRE-ATTAQUE.

TOURNE-O-RAMA 3

(pages 77 et 79)

N'oublie pas de tourner *seulement*
la page 77. Assure-toi de pouvoir voir
les dessins aux pages 77 *et* 79 en tournant
la page. Si tu la tournes assez vite,
les dessins auront l'air d'un <u>seul</u> dessin *animé.*

N'oublie pas de faire
tes propres effets sonores!

MAIN GAUCHE

LE ROBOT GÉANT
COMBAT VAILLAMMENT.

77

POUCE
DROIT

LE ROBOT GÉANT
COMBAT VAILLAMMENT.

TOURNE-O-RAMA 4

(pages 81 et 83)

N'oublie pas de tourner *seulement*
la page 81. Assure-toi de pouvoir voir
les dessins aux pages 81 *et* 83 en tournant
la page. Si tu la tournes assez vite,
les dessins auront l'air d'un <u>seul</u> dessin *animé.*

N'oublie pas de faire
tes propres effets sonores!

MAIN GAUCHE

LES MANCHOMOBILES
RÉPLIQUENT.

POUCE
DROIT

LES MANCHOMOBILES
RÉPLIQUENT.

TOURNE-O-RAMA 5

(pages 85 et 87)

N'oublie pas de tourner *seulement*
la page 85. Assure-toi de pouvoir voir
les dessins aux pages 85 *et* 87 en tournant
la page. Si tu la tournes assez vite,
les dessins auront l'air d'un <u>seul</u> dessin *animé*.

N'oublie pas de faire
tes propres effets sonores!

MAIN GAUCHE

LE ROBOT GÉANT
EST VAINCU.

POUCE
DROIT

LE ROBOT GÉANT
EST VAINCU.

CHAPITRE DIX

MAIS ALORS...

La bataille a fait tout un vacarme. Ce terrible chahut est parvenu jusqu'au sommet de la montagne.

— Que se passe-t-il? s'écrie Lucie. C'est si bruyant que je ne m'entends pas manger!

Caramel et Petit-Gâteau regardent par la fenêtre. Ils voient le robot géant de Ricky couvert de glace et les manchomobiles victorieux.

Caramel et Petit-Gâteau paniquent.
Ils sautent, gémissent et tournent en
rond.

— Qu'est-ce qu'ils ont? demande
Carlos.

— Ils sont juste excités, dit Lucie.
C'est toujours comme ça quand ils
mangent trop de bonbons.

Mais Caramel et Petit-Gâteau ne se calment pas. Ils rugissent et grattent la fenêtre.

— ALLEZ-VOUS VOUS CALMER? crie Lucie. Je vous avais DIT de ne pas manger ces araignées gélifiées!

Finalement, Petit-Gâteau n'en peut plus. Il prend Lucie dans sa gueule et l'emmène à la fenêtre. Elle regarde dehors.

— HÉ! s'exclame-t-elle. C'est le robot géant! Il est CONGELÉ!

Les autres s'approchent à leur tour pour regarder dehors.

— Que font ces robots-manchots? demande Lucie.

— Ils sont avec *nous,* dit fièrement Carlos. Nous envahissons la Terre.

— QUOI? crie Lucie. Quel est
VOTRE PROBLÈME?

— Ce... ce n'était pas *notre* idée,
proteste Nestor. Notre président est
fâché parce que vos chercheurs ont dit
que Pluton n'est plus une planète.

— *Et alors?* dit Lucie. Il ne faut pas
se battre juste parce qu'on n'aime pas
ce que dit quelqu'un. Même moi, je le
sais, et j'ai *cinq* ans!

— Désolé, Votre Altesse, dit Nestor.

— Moi aussi, s'écrie Carlos.

— Si vous êtes VRAIMENT désolés, ne vous contentez pas de le DIRE! déclare Lucie. *FAITES* quelque chose!

Lucie met des bonbons à la gelée dans sa poche et descend dans la soute.

— Venez, Caramel, Petit-Gâteau et Gaufre! On s'en va!

— Où allez-vous? demande Carlos.

— Sauver Ricky et son robot! répond Lucie. Ce sont nos *cousins!*

CHAPITRE ONZE

LUCIE À LA RESCOUSSE

Lucie saute sur le dos de Gaufre et ils volent vers la ville. Caramel et Petit-Gâteau les suivent en courant à fond de train.

Entre-temps, les choses se corsent pour Ricky. Le président Manchot l'a trouvé sur le toit et l'a saisi dans son aile métallique géante.

— Alors, tu croyais pouvoir nous vaincre avec ton minable robot? raille le président.

— On va *quand même* gagner! dit Ricky en se débattant. On gagne *toujours!*

— AH BON? dit le président Manchot en riant. Vous réussissez *très bien!* Bravo!

Au même moment, Lucie et
Gaufre surgissent des nuages.
— LÂCHE MON COUSIN,
ESPÈCE DE VAURIEN! crie Lucie.

— QUOI? réplique le président.
COMMENT OSES-TU?

Lucie prend les bonbons dans sa poche et les lance au président de toutes ses forces.

— Hé! ARRÊTE! crie-t-il. Ça fait *mal!*

De son autre aile métallique, il s'empare de Lucie et de Gaufre et les tient fermement.

Soudain, Caramel et Petit-Gâteau arrivent en rugissant. Ils mordent férocement les chenilles de la manchomobile et refusent de lâcher prise.

— HA! HA! HA! fait le président Manchot en regardant Ricky. C'est *AINSI* que tu penses gagner? SÉRIEUSEMENT? C'est ton *seul* atout?

CHAPITRE DOUZE
GARE AUX GARDIENS!

Tout à coup, un sifflement résonne dans la montagne.

— Quel est ce bruit? demande le président.

C'est le son de deux missiles.
Ils viennent de jaillir du vaisseau
et frappent les manchomobiles
qui gardent le robot de Ricky.

BAOUM! BAOUM!

Les deux manchomobiles
s'enflamment.

— J'ai été touché! s'écrie le capitaine.

Il s'éjecte de son cockpit et s'envole.

— Moi aussi! crie son second.

Il s'éjecte à son tour.

— Un instant, dit Ricky. Les manchots ne peuvent pas voler!

— Ah oui, c'est vrai! disent le capitaine et son second.

Ils tombent sur le sol en hurlant.

— Que... que se passe-t-il? s'écrie le président Manchot.

— C'est juste nous, crient Nestor et Carlos du vaisseau. On veut faire amende honorable!

Soudain, un autre sifflement se fait entendre. C'est un troisième missile, qui se dirige tout droit vers le président Manchot.

MISSILE

BAOUM!

La manchomobile explose. Ricky, Lucie et Gaufre tombent des ailes métalliques géantes. Lucie s'accroche au cou de Gaufre.

— Vite, Gaufre! s'écrie-t-elle.
Il faut attraper Ricky!

Gaufre bat des ailes et descend
vers Ricky. Mais il n'est pas assez
rapide. Ricky chute de plus en plus
vite.

CHAPITRE TREIZE

LE ROBOT GÉANT DÉGÈLE

Soudain, une main métallique s'avance pour attraper Ricky.

C'est la main du robot géant.

La chaleur des manchomobiles en flammes l'a fait dégeler juste à temps.

Le robot géant se dégage de son enveloppe de glace et saisit le président Manchot.

— Je vous avais *DIT* qu'on gagnerait, dit Ricky.

CHAPITRE QUATORZE
RETOUR SUR PLUTON

Ricky et son robot géant emmènent le président Manchot à la prison de Ratonville...

pendant que Lucie et ses Jeannots jurassiques ramènent le capitaine et son second à leur vaisseau.

— Vous feriez mieux de partir avant que Ricky et son robot reviennent, dit Lucie.

— Et notre président? demande Nestor.

— Oui, Pluton a besoin d'un président! renchérit Carlos.

— Vous n'avez pas besoin de ce tyran, dit Lucie. Je déclare que VOUS DEUX serez les nouveaux présidents... de la *PLANÈTE* Pluton!

— *PLANÈTE* Pluton? s'écrie Nestor. Tu es sérieuse?

— Tout à fait, dit Lucie. Après tout, je suis une princesse! C'est moi qui décide!

— *MERCI,* Lucie! crie le président
Nestor. Tu vas nous manquer!

— Au revoir, Lucie, dit le président
Carlos en sanglotant. Nous ne
t'oublierons jamais!

— Revenez me voir un de ces jours!
dit-elle.

— Promis, disent les manchots.

Puis ils entrent en se dandinant dans
leur vaisseau et repartent chez eux.

CHAPITRE QUINZE
LA VIE EN ROSE

Le lendemain, Ricky et son robot géant organisent une fête pour Lucie et ses animaux.

Ils rient et s'éclaboussent.

— Je suis heureuse de voir que vous vous amusez ensemble, Lucie et toi, dit la mère de Ricky.

— Oui, dit son père. Merci d'avoir trouvé une façon de te racheter.

— Il n'y a pas de quoi, dit Ricky...

les amis, c'est fait pour ça!

ES-TU PRÊT
AUTRE RICKY